JEUNESSE

Gilles Tibo

Illustrateur depuis plus de vingt ans, Gilles Tibo est reconnu pour ses superbes albums, dont ceux de la série *Simon*. Enthousiasmé par l'aventure de l'écriture, il a créé d'autres personnages. Il s'est laissé charmer par ces nouveaux héros qui prenaient vie, page après page. Pour notre plus grand bonheur, l'aventure de Noémie est devenue son premier roman.

Louise-Andrée Laliberté

Quand elle était petite, pour s'amuser, Louise-Andrée Laliberté inventait toutes sortes d'histoires pour décrire ses gribouillis maladroits. Maintenant qu'elle a grandi, les images qu'elle crée racontent elles-mêmes toutes sortes d'histoires. Louise-Andrée crée avec bonne humeur des images, des décors ou des costumes pour les musées et les compagnies de publicité ou de théâtre. Tant au Canada qu'aux États-Unis, ses illustrations ajoutent de la vie aux livres spécialisés et de la couleur aux ouvrages scolaires ou littéraires. Elle illustre pour vous la série *Noémie*.

Série Noémie

Noémie a sept ans et trois quarts. Avec Madame Lumbago, sa vieille gardienne qui est aussi sa voisine et sa complice, elle apprend à grandir. Au cours d'événements pleins de rebondissements et de mille péripéties, elle découvre la tendresse, la complicité, l'amitié, la persévérance et la mort aussi. Coup de cœur garanti !

Noémie
Le Château
de glace

Du même auteur chez Québec Amérique

Jeunesse

SÉRIE PETIT BONHOMME

Les mots du Petit Bonhomme, album, 2002.
Les musiques du Petit Bonhomme, album, 2002.
Les chiffres du Petit Bonhomme, album, 2003.
Les images du Petit Bonhomme, album, 2003.

SÉRIE PETIT GÉANT

Les Cauchemars du petit géant, coll. Mini-Bilbo, 1997.
L'Hiver du petit géant, coll. Mini-Bilbo, 1997.
La Fusée du petit géant, coll. Mini-Bilbo, 1998.
Les Voyages du petit géant, coll. Mini-Bilbo, 1998.
La Planète du petit géant, coll. Mini-Bilbo, 1999.
La Nuit blanche du petit géant, coll. Mini-Bilbo, 2000.
L'Orage du petit géant, coll. Mini-Bilbo, 2001.
Le Camping du petit géant, coll. Mini-Bilbo, 2002.
Les Animaux du petit géant, coll. Mini-Bilbo, 2003.
Le Petit Géant somnambule, coll. Mini-Bilbo, 2004.
Le Grand Ménage du petit géant, coll. Mini-Bilbo, 2005.

SÉRIE NOÉMIE

Noémie 1 - Le Secret de Madame Lumbago, coll. Bilbo, 1996.
   • **Prix du Gouverneur général du Canada 1996**
Noémie 2 - L'Incroyable Journée, coll. Bilbo, 1996.
Noémie 3 - La Clé de l'énigme, coll. Bilbo, 1997.
Noémie 4 - Les Sept Vérités, coll. Bilbo, 1997.
Noémie 5 - Albert aux grandes oreilles, coll. Bilbo, 1998.
Noémie 6 - Le Château de glace, coll. Bilbo, 1998.
Noémie 7 - Le Jardin zoologique, coll. Bilbo, 1999.
Noémie 8 - La Nuit des horreurs, coll. Bilbo, 1999.
Noémie 9 - Adieu, grand-maman, coll. Bilbo, 2000.
Noémie 10 - La Boîte mystérieuse, coll. Bilbo, 2000.
Noémie 11 - Les Souliers magiques, coll. Bilbo, 2001.
Noémie 12 - La Cage perdue, coll. Bilbo, 2002.
Noémie 13 - Vendredi 13, coll. Bilbo, 2003.
Noémie 14 - Le Voleur de grand-mère, coll. Bilbo, 2004.

La Nuit rouge, coll. Titan, 1998.

Adulte

Le Mangeur de pierres, coll. Littérature d'Amérique, 2001.
Les Parfums d'Élisabeth, coll. Littérature d'Amérique, 2002.

Noémie
Le Château
de glace

GILLES TIBO

ILLUSTRATIONS : LOUISE-ANDRÉE LALIBERTÉ

QUÉBEC AMÉRIQUE jeunesse

Données de catalogage avant publication (Canada)

Tibo, Gilles
Le Château de glace
(Bilbo-jeunesse ; 81)
ISBN 2-89037-965-5
I. Titre. II. Titre: Noémie, Le Château de glace. III. Collection.
PS8589.I26C42 1998   jC843'.54   C98-941098-6
PS9589.I26C42 1998
PZ23.T52Ch 1998

Conseil des Arts   Canada Council
du Canada   for the Arts

Nous reconnaissons l'aide financière du gouvernement du Canada
par l'entremise du Programme d'aide au développement de l'industrie
de l'édition (PADIÉ) pour nos activités d'édition.

Gouvernement du Québec – Programme de crédit d'impôt pour
l'édition de livres – Gestion SODEC.

Les Éditions Québec Amérique bénéficient du programme de subvention
globale du Conseil des Arts du Canada. Elles tiennent également à
remercier la SODEC pour son appui financier.

Québec Amérique
329, rue de la Commune Ouest, 3ᵉ étage
Montréal (Québec) Canada H2Y 2E1
Téléphone: (514) 499-3000, Télécopieur: (514) 499-3010

Dépôt légal : 3ᵉ trimestre 1998
Bibliothèque nationale du Québec
Bibliothèque nationale du Canada

Mise en pages: Claude Lapierre
Révision linguistique : Michèle Marineau
Réimpression: décembre 2004

Tous droits de traduction, de reproduction et d'adaptation réservés

©1998 Éditions Québec Amérique inc.
www.quebec-amerique.com

*À tous les sinistrés
du verglas*

-1-

Tous les matins

Tous les matins, avant de partir pour l'école, j'enfile ma tuque et mon gros manteau. Ensuite, je remplis un grand bol de lait, je descends dans la cour et je saute dans la neige. Avec le bout de ma mitaine, j'écris un message que grand-maman peut lire du haut de son balcon. Aujourd'hui, je dessine en lettres géantes : Bonjour, grand-maman, je vous aime. À ce soir !

Je signe Noémie et j'ajoute plein de petits x qui veulent dire que je lui donne plusieurs becs.

Comme ma grand-maman Lumbago n'aime pas jouer dans la neige, elle m'écrit des messages dans les vitres embuées. Mais elle doit écrire à l'envers pour que je puisse lire à l'endroit. Elle fait toujours plein de fautes. Elle a de la difficulté à inverser les R et les N...

Ensuite, j'apporte le bol de lait à ma chatte Mirontine. Elle est très, très, très enceinte. Je lui ai construit une cabane dans une boîte de carton, et elle reste sur le balcon en attendant que je termine mon château de neige.

▲▲▲

Ce soir, après le souper, je descends dans la cour pour terminer mon château de neige. Il fait chaud. Mon château est à moitié fondu. Le ciel gronde.

De gros nuages noirs glissent au-dessus de la maison. Je ne sais pas s'il neige de la pluie ou s'il pleut de la neige...

Mirontine semble nerveuse. Je lui donne son bol de lait, et elle me dit en langage miaw-miaw :

— Miaw, miaw... Merci... Miaw, miaw... Je vais bientôt accoucher... Miaw, miaw... J'ai un peu froid dans ma boîte de carton... Miaw, miaw...

Je la prends dans mes bras et je lui flatte le ventre. Je lui explique pour la millième fois :

— Miaw, miaw, je ne peux pas te rentrer dans la maison. Miaw, miaw. J'ai promis à ma mère que tu resterais toujours dehors. Miaw, miaw. Ma mère est allergique aux chats, miaw, miaw...

Elle me répond :

— Miaw, miaw... et en haut, chez ta grand-maman Lumbago ?

—Miaw, miaw... Ma grand-mère ne veut pas changer d'idée. Miaw, miaw... Elle m'a dit : « Mon Dieu Seigneur, j'ai assez d'un chat, d'un serin et d'une petite Noémie. »

J'installe Mirontine dans sa couverture au fond de la boîte. Ensuite, j'essaie de terminer mon château. Mais ce n'est pas facile, la neige est molle et très lourde. Mon château est tout croche. Il penche sur le côté comme s'il allait s'effondrer.

Je travaille tellement fort que je suis tout en sueur ! Chaque hiver c'est la même chose. Je crève de chaleur. C'est vrai, dans toutes les maisons, on chauffe au maximum. Les fournaises et les plinthes électriques dégagent une telle chaleur qu'on pourrait se promener en costume de bain. Même dans l'école, il fait telle-ment chaud qu'on se croirait dans le désert du Sahara. En plus, on crève de chaleur dans les autobus, dans le métro, dans les grands magasins et dans les cinémas...

Soudain, j'entends la porte d'en haut s'ouvrir. Grand-maman crie :

—Vite, Noémie! Ton père est au téléphone !

Je grimpe les marches de l'escalier. J'arrive sur le balcon en double sueur. J'entre chez grand-maman Lumbago et je n'en reviens pas. Ici aussi on crève de chaleur.

Grand-maman me fait signe de rester sur le tapis de l'entrée. Je suis en triple sueur. Elle me passe le récepteur :

—Allô, papa ! Tu fais un bon voyage ?

Et blablabla... et blablabla... Je parle à maman. Oui, oui, oui, je m'ennuie de toi, ma petite Noémie... Je parle une dernière fois à papa. Gros bisous, gros bisous. Puis je raccroche.

Je dis à grand-maman Lumbago :

— Ils reviennent dans six jours... si tout va bien... Et moi, je suis en quadruple sueur !

Grand-maman ne répond pas. Elle semble préoccupée. De grosses rides traversent son front. Elle tricote devant la télévision ouverte et fermée. Je veux dire l'image allumée et le son éteint. Le serin chante dans sa cage plus fort que d'habitude. Il virevolte en froissant ses ailes contre les barreaux. Le chat miaule et tourne en rond autour de la chaise berçante. J'enlève mon manteau... Je suis en quintuple sueur.

— Est-ce que ça va, ma belle grand-maman d'amour en chocolat ?

—Ça va... ça va... et toi ?

—Oui, mais il me semble qu'il se passe des choses anormales ici !

—Anormales comment ?

—Premièrement, vous semblez préoccupée. Deuxièmement, le serin chante plus fort que d'habitude. Troisièmement, le chat tourne en rond. Quatrièmement, vous regardez la télévision avec le son fermé. Cinquièmement, on crève de chaleur ici !

Grand-maman se tourne vers moi. En m'embrassant, elle dit :

—Habituellement, les animaux sont excités à l'approche d'une tempête... et ce soir... il n'y a rien d'intéressant à la télévision.

—Et vous pensez qu'il va y avoir une tempête ?

—Oui... une grosse, une très grosse tempête !

—Comment le savez-vous ?

—Je le sais à cause de mes os...
Mes vieux os me font toujours mal
à l'approche d'une tempête.

Je m'assois sur les genoux de
grand-maman et je l'embrasse à
mon tour. Ensemble, nous nous
berçons en regardant tomber les
flocons de l'autre côté de la vitre
du salon.

C'est comme si le ciel était très
très vieux et qu'il perdait des
milliers de petits cheveux blancs.
Mais je ne le dis pas à grand-
maman. Je ne veux pas lui faire
de la peine avec tous ses cheveux blancs.

Je regarde les flocons et, de
temps en temps, je jette un coup
d'œil à la télévision. Soudain, je
vois apparaître la tête du monsieur qui annonce la météo. Il
gesticule. Il s'époumone devant
une grande carte du pays sur
laquelle on voit apparaître toutes

sortes de courants d'air q
bougent tout seuls.

Je m'empare de la télécom-
mande pour monter le volume.
Le monsieur dit :

— Si la tendance se maintient,
nous prévoyons une grosse... je
dirais même une très grosse
tempête de verglas mêlé de
grésil et de pluie verglaçante...

Sans quitter les flocons des
yeux, grand-maman soupire :

— Je déteste la pluie verglaçante...

Moi, je m'en fous. Je suis
équipée pour toutes les tempé-
ratures. En plus, je n'ai jamais mal
aux os. Ce n'est pas une petite
pluie verglaçante qui...

Soudain, toc... toc... toc...
toc... dans la vitre. La neige
toute floconneuse se transforme
en petits cailloux. Des centaines
de perles blanches viennent

s'abattre dans la vitre. Grand-maman et moi, nous sursautons sur la chaise berçante. Puis, en l'espace de quelques secondes, le grésil se transforme en gouttes de pluie qui dégoulinent le long de la vitre.

—C'est incroyable ! Avez-vous vu ça ?

—Mon Dieu Seigneur, soupire grand-maman.

-2-

Les prisonnières

On croirait que quelqu'un, quelque part, nous fait un tour de magie. De l'autre côté de la vitre, la pluie se transforme en neige, puis devient du grésil, qui redevient de la neige. En plus, le vent se lève. Il vente tellement fort que l'arbre devant la maison est secoué de tous les côtés ! La fenêtre du salon tremble ! Les flocons passent en tourbillonnant de gauche à droite. C'est incroyable ! Le serin chante de plus en plus fort. Le chat vient se blottir sur mes genoux.

Grand-maman frémit sur sa chaise. Je lui demande :

— Croyez-vous que ça va être une vraie grosse tempête, comme dans les films ?

— J'ai bien peur que oui... parce que j'ai très, très, très mal aux os !

Puis elle ne dit plus rien. Pendant de longues minutes, nous regardons la fenêtre du salon comme on regarde un écran de cinéma.

— Bon, Noémie, il est tard, et tu as de l'école demain matin. Il faut te laver la tête, te brosser les dents, te...

— D'accord. Mais, avant, je dois descendre pour nourrir Mirontine et l'installer à l'abri pour la nuit !

— Bon ! Je te donne cinq minutes, ensuite...

Je regarde ma montre. Il est

vingt heures trente. J'enfile mon habit de neige en vitesse. Ensuite, je pousse sur la poignée de la porte arrière. La poignée tourne, mais la porte refuse de s'ouvrir. J'essaie de nouveau. Et là, mon cœur bondit dans ma poitrine ! Je n'en reviens pas ! Je suis incapable d'ouvrir la porte ! Elle semble fermée à clé. Je regarde la serrure. Elle n'est pas verrouillée. Je donne un gros coup d'épaule, mais la porte résiste. Je pousse de toutes mes forces, je ne parviens pas à l'ouvrir.

—Que se passe-t-il, Noémie ?

—Je ne sais pas, la porte refuse de s'ouvrir !

Grand-maman vient me donner un coup de main. Elle vérifie la serrure, donne un gros coup de hanche, mais la porte résiste toujours. Impossible de l'ouvrir.

Grand-maman l'examine avec ses petits yeux de détective. Elle s'exclame :

—La porte est scellée par la pluie qui est devenue de la glace. Regarde, on voit de la glace, ici, dans les fentes.

Ça, c'est vraiment incroyable ! Une porte figée dans la glace ! Et moi qui rêvais de construire un château de glace !

—Ce n'est pas grave, grand-maman, je vais passer par la porte avant !

Je traverse le corridor, suivie par grand-maman qui trottine derrière. Je tourne la poignée de la porte avant... clic... je pousse... mais la porte refuse de s'ouvrir ! Je pousse de toutes mes forces en disant :

—Non, non, non, ce n'est pas vrai !

Après quelques minutes de

vaines tentatives, la porte refuse toujours de s'ouvrir. Elle est figée dans la glace ! Grand-maman et moi, nous nous regardons, l'air complètement ahuri. Elle soupire en regardant le plafond :

—Ma petite Noémie, je crois que nous sommes prisonnières... dans la maison !

Lorsque j'entends ces mots, je nous imagine toutes les deux sur un bateau, emprisonnées dans les glaces du pôle Nord. Je vois les ours polaires, les pingouins, les phoques, les morses, les Inuits, les icebergs, et tout et tout...

Je n'en crois pas mes oreilles. Je répète : Nous sommes prisonnières de la glace... Nous sommes prisonnières comme dans un château de glace. Je demande à grand-maman :

—Y a-t-il un passage secret pour sortir d'ici ?

Elle ne répond rien, et lorsqu'elle ne répond rien de cette façon-là, c'est qu'elle pense à autre chose. Je ne suis pas folle, je vois qu'elle est très, très, très inquiète.

Je ne perds pas une seconde. Je me lance vers le réfrigérateur et je l'inspecte rapidement. J'ouvre la porte de la dépense et j'en fais rapidement l'inventaire. Grand-maman, qui ne comprend rien, me regarde avec ses petits yeux et ses grosses rides songeuses. Je prends un papier et un crayon et je fais des calculs comme les explorateurs.

— Ne vous en faites pas, grand-maman. Nous avons assez de nourriture pour survivre jusqu'au retour de mes parents. S'ils sont retardés, comme d'habitude, et si nous ne mangeons qu'un repas par jour, nous pourrons résister pendant près de deux mois... Et puis, il y a des côtés positifs. Nous sommes en sécurité, ici... Les voleurs de grands-mères et de petites filles ne pourront pas entrer dans la maison !

—Et nous, nous ne pourrons pas sortir !

-3-

Le supposé dodo

Grand-maman se dirige vers la garde-robe de l'entrée. Elle en sort deux parapluies. Elle en accroche un sur la poignée de la porte avant, l'autre sur la poignée de la porte arrière.

—Êtes-vous devenue folle, grand-maman ?

—Mais non ! Mais non... Si nous devons sortir d'urgence, nous n'aurons qu'à briser les vitres avec les parapluies !

—Je... Je... suis très fière de vous !

Je me couche seule dans le lit de grand-maman. Elle reste au salon, devant la télévision ouverte et fermée en même temps. J'entends la chaise berçante qui craque. Elle a mal aux os, elle aussi...

Moi, j'essaie de dormir. Mais je ne peux pas, je pense à Mirontine, en bas sur le balcon. Je l'imagine, perdue dans la tempête, au fond de sa boîte de carton. Elle tremble de froid. Elle a faim. Elle a soif...

J'essaie de penser à autre chose. Je me dis que Mirontine a survécu à toutes les tempêtes... qu'elle est en sécurité... puis je m'endors en rêvant que la maison se transforme en château de glace. Mais le château fond au soleil comme du chocolat, et je me retrouve couchée dans l'eau... J'essaie de changer de rêve. Je me retrouve avec une scie dans les mains. Pour me sauver, je scie le plancher de chez grand-maman. Je fais un gros trou. Je saute dans le trou et j'atterris dans les bras de mon père, qui se transforme en bonhomme de neige... J'essaie de changer de rêve. Je me retrouve dans le désert du Sahara et j'ai soif, tellement soif que je vais mourir. Le soleil s'éteint dans le ciel. On dirait que la vie s'arrête. Il n'y a plus aucun bruit, nulle part.

Je m'éveille en sursaut. J'entends le grésil qui frappe la fenêtre. J'entends le vent qui souffle. Quelque chose gratte la vitre. C'est comme une griffe géante, une griffe de dinosaure ou de monstre !

J'ouvre les yeux et je ne vois rien. On dirait que je suis aveugle. Je me pince pour vérifier si je ne rêve plus. AOUTCH ! Non, je ne rêve plus.

Il fait noir, noir, noir ! J'allonge les bras dans le lit. Les draps sont encore chauds à l'endroit où se couche grand-maman... mais... elle n'y est plus...

Je ne comprends rien. Habituellement, il y a toujours un petit rayon de lumière qui passe entre le rideau et le bord de la fenêtre. Il y a toujours les gros chiffres rouges du cadran qui s'illuminent... Mais là, tout est noir comme au fond d'un tunnel.

Je marche à quatre pattes sur le lit. Je touche l'édredon, mais je ne le vois pas. J'entends bouger devant moi. En tremblant, j'avance la main. Il n'y a rien. Pourtant ça bouge encore... J'ai peur. Je demande tout bas :

— Est-ce vous, grand-maman ?

Personne ne répond...

— Grand-maman ? Grand-maman ?

Soudain, c'est la panique totale

dans le noir ! Quelque chose de poilu me frôle. On dirait des cheveux de sorcière, ou de la barbe de loup-garou, ou de la fourrure de fantôme. Ou... Fiou... Les poils du chat !

Dans le noir total, je m'empare du chat et je le serre contre moi. Il ronronne comme un gros moteur. Je me calme un peu. J'écoute le vent qui gémit, vvvvv... La pluie et le grésil tombent sur la fenêtre de la chambre. La pluie fait plouc, plouc. Le grésil, tic, tic, tic... J'écoute les griffes du monstre qui égratignent les briques de la maison, grittt... grittt... grittt...

Soudain, au loin, j'entends chanter le serin. Étrange ! Très étrange ! Le serin ne chante jamais la nuit.

Je sors la tête de sous les couvertures. J'écarquille les yeux. Je ne vois toujours rien. Mais... il me semble que je devine une faible lueur. Une faible lueur qui grossit sur le mur du corridor. Non, je ne rêve pas. Le plancher craque. Quelqu'un s'approche ! Quelqu'un de lumineux comme un fantôme marche vers la porte d'en avant !

-4-

La lueur

Le plancher craque encore une fois ! Lentement, la petite lueur s'approche en dansant sur le mur du corridor, qui s'illumine de plus en plus. J'essaie de ne rien imaginer. J'essaie de rester calme, mais ce n'est pas possible. Mon cœur veut sortir de ma poitrine. Je vois la lumière qui s'approche, s'approche...

Soudain, la lumière tourne dans l'entrebâillement de la porte de la chambre. Je vois apparaître une main devant la flamme d'une bougie. Derrière

la main, je vois la figure de grand-maman tout illuminée. Je deviens toute molle dans le lit.

—AH ! C'est vous, grand-maman ! Mais... Mais... Qu'est-ce qui se passe ?

—Nous avons une panne d'électricité...

—C'est pour ça qu'il fait si noir !

Je me lève d'un bond et j'ouvre le rideau de la chambre pour regarder les lumières de la ville. Mais je ne vois rien, aucune lumière, aucun lampadaire, aucune étoile.

—Mon Dieu Seigneur, Noémie ! Je crois bien que toute la ville est tombée en panne...

—Et... d'après vos os qui font mal... est-ce que ça va durer longtemps ?

Grand-maman pose le chandelier sur le bureau. Elle se touche les bras, puis les jambes et ensuite le cou :

—Heu, la tempête risque de durer longtemps...

—Combien de temps ?

—... Mais je ne sais pas...

—Avez-vous mal aux os pour une journée de tempête ? pour deux ? pour dix ?

—Bon... J'ai mal aux os pour trois jours, six heures, vingt-deux minutes et quatre secondes... Ça te va ?

▲ ▲ ▲

Grand-maman se couche près de moi. Je regarde les bougies. Ça me rappelle les films de l'ancien temps.

—Est-ce que c'était comme ça, lorsque vous étiez toute petite ?

—... Oui... presque pareil, mais ça fait si longtemps...

Grand-maman s'arrête pour avaler un peu de salive. Dehors, la pluie verglaçante et le grésil s'abattent dans la fenêtre. Et soudain, comme par magie, la lumière du corridor s'allume toute seule. Les chiffres du cadran s'illuminent, et je vois les murs du salon qui changent de couleurs. La télévision vient de s'allumer. Yhé ! L'électricité est revenue !

Grand-maman va fermer toutes les lumières ainsi que la télévision. Ensuite, elle revient se coucher près de moi.

—Bonne nuit, ma petite Noémie...

—Bonne nuit...

Je m'endors en pensant à ma grand-mère, qui est toute petite. Elle court sous la pluie tic, tic... elle court sous la pluie ploc, ploc...

-5-

Le lendemain

Le lendemain matin, j'ouvre les yeux et je suis bien contente d'apercevoir la lumière du jour derrière les rideaux. Je pense à Mirontine. Même si les portes et les fenêtres sont gelées, je dois trouver le moyen de sortir d'ici sans briser les vitres.

Mais j'ai trop faim pour réfléchir. Je me lève et rejoins grand-maman à la cuisine. Elle écoute la radio. Soudain, l'animateur, celui qui a une grosse voix de père Noël, dit sur le ton de la catastrophe :

—Oui, mesdames et messieurs,

à cause du verglas, plusieurs quartiers de la ville sont en panne d'électricité.

Je m'élance dans le corridor pour écouter les nouvelles à la télévision. J'appuie sur l'interrupteur. Rien ! La télévision refuse de s'allumer. Une télévision presque neuve ! Je n'en reviens pas ! J'essaie de nouveau ! Rien !

Je retourne à la cuisine et, tout en écoutant les commentateurs, je fais glisser deux tranches de pain dans le grille-pain. J'attends... J'attends... Le grille-pain refuse de fonctionner. La journée commence mal. Très mal. Je décide de me faire un chocolat chaud, mais la cuisinière refuse de fonctionner ! Pendant ce temps, grand-maman me regarde avec un petit sourire en coin.

—Bon, qu'est-ce qui se passe ce matin, grand-maman ?

—Tu viens de l'entendre : il y a une panne d'électricité.

—Oui, mais votre radio fonctionne...

—... avec des piles !

—Alors, il nous faudrait un grille-pain à piles et aussi un téléviseur et une cuisinière à piles...

—... et une Noémie à piles, ajoute grand-maman en pouffant de rire.

Je n'aime pas que grand-maman se moque de moi. Je mange mon pain froid avec de la confiture froide. Tout à coup, j'entends le commentateur dire à la radio :

—La plupart des écoles sont fermées aujourd'hui... Il faut vérifier auprès de....

Je fais semblant de rien. Je dis en regardant le plancher pour ne pas montrer mon grand sourire :

—Ah, ça c'est plate ! J'avais justement un examen aujourd'hui !

—Noémie... Avant que tu te lèves, ils ont donné la liste des commissions scolaires qui sont fermées. Et la tienne ne l'est pas.

—De toute façon, je ne peux pas sortir, les deux portes sont bloquées par la glace !

En souriant, grand-maman se dirige vers la porte de la cuisine. D'un coup de main, la porte s'ouvre, laissant entrer un petit courant d'air.

—Comment avez-vous fait ça ?

—Mon Dieu Seigneur, je n'ai rien fait ! Le temps s'est réchauffé pendant la nuit. La glace a fondu, et, maintenant, les portes s'ouvrent comme d'habitude ! Voilà, je t'ai préparé une collation pour l'école !

Ouf ! Je suis bien contente.

Je n'aurai pas besoin de briser une vitre, ou de démolir une porte, ou de défoncer un mur pour sortir d'ici !

J'enfile mon manteau, je remplis un grand bol de lait et je donne un bisou à grand-maman. En vitesse, je descends voir Mirontine. J'espère qu'elle n'est pas...

-6-

À l'école

Je saute dans la neige à partir de la cinquième marche. Mon château est encore plus croche qu'hier soir. Il a un peu fondu. Je me retourne et je vois la boîte de Mirontine couverte de neige et de glace. Je me précipite vers elle. J'ouvre la petite porte. Elle n'a pas encore accouché. Elle se cache au fond de la boîte avec son gros ventre plein de petits chatons. Elle n'a plus de lait dans son bol et elle tremble de froid.

J'installe sa boîte dans le placard du balcon. Là, au moins, elle sera protégée des intempéries. Je lui donne son bol de

lait, mais elle refuse de boire. Ça, ce n'est pas normal ! Elle me dit :

— Miaw, miaw... j'ai froid aux os... Miaw, miaw...

Bon, je réfléchis le plus fort que je peux et je ne trouve qu'une solution. Je n'ai pas le choix. C'est une question de vie ou de mort...

Je regarde aux alentours. Il n'y a personne pour me voir. Avec ma clé, j'ouvre la porte de ma maison et j'installe Mirontine dans un coin de la cuisine. Je sais, je sais. J'ai promis de laisser la chatte dehors... J'ai promis, j'ai promis... mais ma mère travaille quelque part de l'autre côté de la terre, et je ne peux quand même pas laisser ma chatte accoucher dehors, par un froid glacial comme au pôle Nord ! Ce n'est pas humain !

Juste avant de quitter les

lieux, je réfléchis encore. Grand-maman ramasse le courrier de mes parents tous les jours. Si elle aperçoit la chatte dans la cuisine, elle va me gronder et patati et patata. Je ne sais plus quoi faire.

J'hésite pendant quelques secondes. Je me divise en deux Noémie. La Noémie numéro un me répète que j'ai promis de laisser la chatte dehors. La Noémie numéro deux m'ordonne de ne pas la laisser accoucher dehors.

Je suis debout en plein milieu de la cuisine et je discute toute seule dans ma tête. Soudain, mon regard se pose sur l'horloge de la cuisine, une horloge à piles. Je vérifie l'heure à ma montre. Vite, je suis en retard pour l'école ! J'installe Mirontine au fond de ma garde-robe. Je lui sers un grand bol de lait. Puis je ferme la porte de la garde-robe, je ferme la porte de ma chambre, je ferme à clé la porte d'en arrière, et je me sauve à l'école.

▲ ▲ ▲

Habituellement, il me faut exactement quatre minutes et vingt-six secondes pour me rendre à l'école. Si le vent me pousse dans le dos, je suis plus rapide. Mais ce matin, à cause de la neige fondue, des mares d'eau et des bancs de neige qu'il faut contourner, ça me prend plus de vingt minutes pour m'y rendre.

J'arrive en retard, mais je ne suis pas la seule. Il manque presque la moitié des élèves. La grosse horloge sur le mur est en retard elle aussi. Elle indique trois heures, vingt-sept minutes.

Le professeur monte sur une chaise, tourne un petit bouton sous l'horloge et replace les aiguilles. On dirait que quelque chose a changé, mais je ne sais pas quoi... Il y a vraiment une atmosphère bizarre dans la classe, dans les corridors et aussi en dehors de l'école. De gros nuages gris descendent jusque sur les maisons, le dessus des arbres disparaît dans la brume. On dirait une atmosphère de fin du monde. J'ai vu plusieurs fins du monde à la télévision, et, chaque fois, il y avait de la brume...

Comme il manque la moitié des élèves, mon professeur décide de faire de la révision pendant toute la journée.

Je déteste faire de la révision parce que c'est toujours en faisant de la révision que je comprends la quantité de choses que je ne comprends pas, et si je ne les comprends pas, c'est parce que je ne les ai pas étudiées, et si je ne les ai pas étudiées, ça veut dire qu'il faudra les étudier en plus des autres choses à étudier, et je ne sais même plus si je me comprends moi-même, mais je l'espère parce que, sinon, la situation est encore plus grave que je ne le pensais, et c'est ça qui est difficile à endurer, et tout à coup... Pouf ! Les lumières de la classe s'éteignent !

Le professeur reste figé devant le tableau. La grande aiguille de l'horloge s'arrête. Il est deux heures de l'après-midi. Heureusement, un peu de lumière entre par les grandes fenêtres de la classe. Tout le monde gigote et parle en même temps.

Soudain, nous nous figeons

sur place. OUIN ! OUIN ! OUIN ! On entend la sirène d'alarme. La sirène crie si fort qu'elle me glace les veines. C'est la panique dans la classe.

Dans le corridor, c'est la cohue. On dirait un troupeau qui s'approche en galopant. Nous réussissons à prendre nos rangs. Mais aussitôt rendus dans le corridor, nous sommes emportés par tous les élèves qui se sauvent. OUIN ! OUIN ! OUIN ! J'essaie de me rendre à ma case, mais je dois remonter le courant. Je reçois des coups de coudes, des coups de pieds, des coups de genoux !

Heureusement pour moi, un grand de sixième année me dépasse et fonce devant. Je me colle derrière lui et remonte le courant sans recevoir trop de coups. OUIN ! OUIN ! OUIN !

Je réussis à me rendre jusqu'à ma case. Je suis tellement énervée que je dois m'y reprendre à trois fois pour ouvrir mon cadenas à numéros. Les chiffres dansent dans ma tête, et la petite roulette refuse d'obéir sous mes doigts qui tremblent. OUIN ! OUIN ! OUIN ! On me bouscule, on crie, on va et on vient. La sirène hurle et résonne jusqu'au fond de mon ventre. Si je fermais les yeux, je me retrouverais en plein milieu d'un film de guerre lorsque la sirène annonce des bombardements à venir.

En vitesse, j'enfile mon habit de neige, ma tuque et mes bottes. Puis, je me précipite vers la sortie.

En courant, j'ai mal aux pieds. Mes orteils se coincent au fond de mes bottes. Ah non ! J'ai mis mes bottes à l'envers. J'ai les orteils coincés ! Je ne peux pas

m'arrêter ! OUIN ! OUIN ! OUIN !
On me pousse dans le dos. Je
n'ai pas le choix. Je cours pour
ne pas me faire écraser !

Dehors, ça va beaucoup mieux.
Nous nous calmons un peu et
nous nous regroupons autour de
nos professeurs, exactement
comme nous l'avons appris
pendant les exercices de feu. Je
ne vois pas de feu, ni de flamme,
ni de fumée, ni de pompier, ni
rien du tout ! Mais j'ai mal aux
orteils.

J'essaie d'enlever une de mes
bottes et je me retrouve avec un
pied dans les airs. L'autre pied,
il est dans mon autre botte,
mais je ne peux pas l'enlever. Il
faudrait que je m'assoie par
terre dans une flaque d'eau.
Alors je remets mon pied dans
la mauvaise botte et j'attends.

Soudain, la sirène s'arrête.

Le directeur sort de l'école en courant et monte sur le plus haut banc de neige. Il crie dans le porte-voix :

—Il n'y a aucun danger ! Le système d'alarme a été déclenché par la panne d'électricité ! L'école est terminée pour le reste de la journée ! Le service de garde est ouvert ! Vous pouvez jouer dans la cour ou dans le gymnase avant de rentrer à la maison.

Je cours vers la porte d'entrée et me dirige vers le gymnase. Dans le corridor, je m'assois sur un banc et j'enlève mes bottes. Mais je n'ai pas le temps de les remettre à l'endroit. Les lumières s'allument une seconde puis s'éteignent encore. La sirène d'alarme repart de plus belle. Tous les élèves qui étaient dans le gymnase sortent en courant et en s'énervant. Quelqu'un, je crois que c'est Maxime Gariépy-Laurendeau, donne un coup de pied sur une de mes bottes. Elle disparaît sous le troupeau qui passe. Moi, je reste figée sur mon banc.

Lorsque tout le monde a quitté le gymnase, je me retrouve toute seule dans le corridor avec une seule botte. Le professeur de gymnastique passe en courant, m'attrape par la taille et, sans dire un mot, m'emporte dehors comme une vulgaire poche de patates.

Comme je n'ai qu'une seule botte, je grimpe sur les épaules du professeur de gymnastique. Il insère mon pied à l'intérieur d'une de ses mitaines. Mes orteils se réchauffent. Toutes les filles de l'école, de la première à la sixième année, sont jalouses de moi.

Après quelques minutes, le directeur arrive en courant, monte sur le banc de neige et crie dans le porte-voix :

—Nous avons un petit problème avec la génératrice, mais tout devrait rentrer dans l'ordre d'ici quelques minutes. Je vous demanderais de demeurer dans la cour de l'école.

▲ ▲ ▲

Finalement, je passe plus de vingt minutes sur les épaules de mon professeur de gymnastique. Ensuite, nous sommes autorisés à rentrer dans l'école pour chercher nos effets personnels. Ça veut dire que nous n'avons pas congé de devoirs ni de leçons.

Pendant que les autres élèves vont chercher leurs livres et

leurs sacs, moi, dans le corridor du gymnase, je fouille sous les bancs à la recherche de ma foutue botte. Je trouve un vieux foulard, une vieille balle de tennis et une grande botte de pluie. Une botte deux fois trop grande pour mon pied. Je n'ai pas le choix. Je l'enfile et me dirige vers le service de garde, là où l'on dépose les objets perdus dans une grande boîte.

Je regarde dans la boîte. J'y découvre de vieilles boîtes à lunch, des tuques, des foulards, une quantité incroyable de bas dépareillés, des gants de la main gauche... mais je ne trouve pas ma botte. Alors, j'enfile six bas dépareillés les uns par-dessus les autres, puis je remets mon pied dans la grande botte, qui semble moins grande mainte-nant.

Je monte dans ma classe chercher mon sac et mes cahiers, puis je quitte l'école en marchant comme un canard qui a une patte plus courte que l'autre.

-7-

Sur le chemin
du retour

Dehors, il y a vraiment une atmosphère de fin du monde. Le ciel touche au toit de l'école. Il fait gris et triste et humide. Il pleut comme en été. Mais la pluie devient de la glace en touchant les autos, les arbres et le trottoir.

Je marche en compagnie de Jeanne Gionnet-Lavigne et de Chantal Bernèche-Paradis. Elles s'amusent à glisser sur le trottoir. Moi, j'essaie de marcher avec la botte trop grande. Ce n'est pas facile. Je dois me crisper les orteils pour ne pas la perdre.

Après deux pâtés de maisons, je tourne à droite, et mes amies continuent leur chemin. Je me retrouve toute seule.

Les orteils crispés dans la grande botte, j'essaie de marcher le plus rapidement possible. J'ai tout à coup une crampe dans le pied gauche. Je ne suis plus capable d'avancer ! Aoutch ! J'ai le mollet plus dur que de la roche.

Je m'appuie contre un arbre. Je me repose un peu. Avec mon pied raidi par la crampe, je donne des coups de talon sur le tronc de l'arbre et, tout à coup, sans aucun avertissement, je reçois quelque chose de très lourd sur la tête. Presque toute la neige retenue par les branches tombe comme une avalanche ! Je ne vois plus rien. Je suis tout étourdie. Ma tuque est pleine de neige, mon capuchon aussi.

La neige tombe dans le collet de mon habit, fond et me descend dans le dos, puis le long des jambes pour ensuite glisser au fond de mes bottes. Que ça va mal, que ça va mal, que ça va mal !

Je vide mes bottes une à une, j'attends de ne plus avoir de crampe et je continue ma marche. À chaque coin de rue, il faut faire attention. Il y a d'immenses flaques d'eau. Chaque fois qu'une auto passe, je dois reculer pour ne pas me faire arroser.

Je marche, je marche comme une petite fourmi. Je connais le chemin par cœur, mais ce n'est plus pareil. Les grands arbres disparaissent dans la brume.

Toutes les lumières des maisons sont éteintes. Même les réverbères sont morts. On dirait que la ville a été désertée. Il fait presque noir. Ce n'est plus le jour, et ce n'est pas encore la nuit. Je commence à avoir peur.

J'essaie de courir, mais je n'ai pas fait trois enjambées que la grande botte de caoutchouc quitte mon pied, glisse et tombe dans une flaque d'eau ! J'essaie de courir sur une seule jambe, mais je glisse à mon tour et tombe sur le dos. Je vois des étoiles quelques instants, je me relève et me rends à quatre pattes jusqu'à ma botte. Et là, SPLACH!, je me fais arroser par une automobile !

Je suis mouillée de la tête aux pieds. Je voudrais hurler de colère. Je vide la botte de caoutchouc, l'enfile et marche le plus rapidement possible. Malgré ma crampe et ma botte trop grande, j'arrive, le cœur battant, au coin de ma rue. Toutes les maisons sont plongées dans le noir.

Je monte l'escalier le plus rapidement possible. Il n'y a rien d'écrit dans la fenêtre de la porte. Même pas un petit mot de bienvenue. Même pas un petit x...

J'essaie d'ouvrir la porte. Elle ne s'ouvre pas ! Je cogne dans la vitre ! BANG ! BANG ! BANG ! Aucune réaction dans la maison. Je tremble de froid sur le balcon. Je ne comprends plus rien. Je cogne encore. BANG ! BANG ! BANG !

Je ne vais quand même pas mourir de froid. Je cogne encore. BANG ! BANG ! BANG ! Je ne sais plus quoi faire !

Je décide de descendre l'escalier et de me réfugier dans ma maison. En descendant les premières marches, j'enlève la clé attachée à mon cou. Soudain, la grosse botte de caoutchouc dérape sur la glace. Je perds l'équilibre et je dégringole jusqu'en bas de l'escalier. À chaque marche, je vois des étoiles, et il y a dix-huit marches ! La Voie lactée au grand complet ! En bas de l'escalier, je glisse sur le trottoir et j'atterris dans un banc de neige.

J'essaie de me relever. J'ai mal au dos, aux genoux et partout où ça peut faire mal. Je déteste cet escalier ! Je déteste le verglas ! J'ai froid, j'ai faim et je hais toute cette journée au grand complet !

Je me relève, je deviens tout étourdie. En dégringolant, j'ai perdu la clé de ma maison ! Elle est tombée quelque part dans la neige ! Je n'en peux plus. Je me laisse tomber sur le trottoir et je commence à pleurer.

-8-

La nuit froide

Sous la pluie qui tombe, j'entends tout à coup :

— Noémie ! Mon Dieu Seigneur ! Qu'est-ce que tu fais là ?

Je relève la tête et j'aperçois grand-maman Lumbago qui trottine vers moi avec des paquets dans les bras.

Je m'élance vers elle en criant :
— Grand-ma...

Je suis tellement heureuse de la voir que je ne réussis pas à freiner mon élan ! Je fonce sur elle. BANG! Les paquets volent dans les airs. Nous tombons toutes les deux et nous atterrissons dans un banc de neige.

—Mon Dieu Seigneur ! Mon Dieu Seigneur !

—Excusez-moi, grand-maman ! Excusez-moi !

Je ris et je pleure en même temps. J'aide grand-maman à se relever. Ensuite, je ramasse les sacs. Puis, chacune notre tour, nous posons des questions sans prendre le temps de donner des réponses.

—Où étiez-vous ? Pourquoi arrives-tu plus tôt que d'habitude ? Que faisais-tu sur le trottoir ? Qu'est-ce qu'il y a dans vos sacs ? Pourquoi es-tu toute mouillée ? Où est passée ton autre botte ?

▲ ▲ ▲

Ensemble, nous montons l'escalier. Soudain grand-maman regarde vers le ciel et s'écrie :

—Mon Dieu Seigneur !

Je regarde dans les airs. L'arbre devant la maison est couvert de verglas. On croirait qu'il s'est transformé en verre. Une grosse branche s'est déchirée du tronc. Elle pend sur le bord du toit. À chaque coup de vent, elle égratigne la peinture de la corniche !

En vitesse, grand-maman ouvre la porte avec sa clé. Je me précipite dans la maison. À l'intérieur, il fait noir et froid.

J'enlève mes bottes, mes pantalons puis les six bas mouillés. Je n'ai jamais eu aussi froid aux pieds de toute ma vie. Grand-maman me dit :

—Vite, va te coucher au chaud dans le lit !

Je saute dans le lit et je glisse entre les draps froids. Grand-maman se précipite vers la cuisine. Elle parle au téléphone :

—Oui ! Bonjour ! Une grosse branche pleine de glace menace de défoncer le toit de la maison...

Moi, couchée dans le lit, j'entends la branche qui frotte et qui fait vibrer le mur d'en avant. On dirait que toute la bâtisse frissonne.

Grand-maman vient me rejoindre près du lit :

—J'ai appelé les pompiers... Ils vont venir couper la branche...

—Quand ?

—Le plus tôt possible... Ils sont débordés !

Grand-maman fouille dans ses sacs. Elle en sort une grosse lampe de poche, un paquet de piles ainsi qu'une boîte remplie de chandelles.

Elle disparaît dans la cuisine puis elle revient avec un vieux chandelier à trois branches. Elle allume les trois chandelles et me frictionne les pieds par-dessus les couvertures.

J'ai encore froid. Je dis :

— Je prendrais un bain chaud pour me réchauffer !

— Il n'y a plus d'électricité depuis ce matin... Reste ici, je descends chez toi pour te chercher des vêtements chauds.

— D'accord, ma belle grand-maman d'amour en...

Et puis, soudain, je pense très vite ! Si grand-maman entre dans ma chambre, elle va voir ma chatte dans la garde-robe !

— Non ! Laissez faire, grand-maman. Prêtez-moi un de vos chandails et une de vos paires de bas... je... ils sont plus chauds que les miens...

— De toute façon, je dois descendre ! J'ai oublié d'entrer le courrier en arrivant.

— ... Je... heu... ce n'est pas

nécessaire... Il n'y a pas de courrier... J'ai vérifié avant de monter... En plus, l'escalier est... très très glissant... vous pourriez recevoir la branche sur la tête... Ce n'est pas prudent !

Grand-maman disparaît encore. Elle revient quelques secondes plus tard avec un grand chandail et une grosse paire de bas tricotés avec de la laine de mouton angora du pôle Nord et du pôle Sud ! Ça, c'est chaud !

J'enfile les bas et le chandail en vitesse. Ils sont un peu... beaucoup grands. Mais je ne suis pas une chialeuse. Grand-maman me regarde et commence à rire de moi. Je déteste qu'on rie de moi !

Après une minute de ha, ha, ha et de ho, ho, ho, grand-maman se calme un peu. En pouffant de rire et en ramassant un autre sac laissé dans le corridor, elle me dit :

—Bon, viens à la cuisine, j'ai une surprise pour toi.

-9-

En attendant

Grand-maman marche devant moi avec le chandelier. Elle le pose sur la table :

—Ma chère Noémie, ce soir, nous mangeons de la fondue chinoise !

YHÉ ! La fondue chinoise est un de mes repas préférés. Grand-maman a vraiment tout prévu. Elle sort du sac tout ce qu'il faut pour se régaler. Puis, avec une allumette, elle allume le brûleur sous le chaudron. Nous approchons nos mains de la flamme pour nous réchauffer.

Après quelques minutes, je demande :

—Si la panne dure trois semaines... est-ce que nous allons manger de la fondue pendant...

Grand-maman se lève et allume la petite radio à piles. Elle tourne le bouton pour changer les postes. Nous entendons :

—Plusieurs lignes de haute tension viennent de s'effondrer sous le poids de la glace. Nous demandons aux citoyens de s'armer de patience. Nous faisons de notre mieux pour rétablir le réseau le plus rapidement possible...

—Le plus rapidement possible, ça veut dire combien de temps ?

—Je ne sais pas, répond grand-maman.

En mangeant de la fondue, nous écoutons les nouvelles. De nombreux spécialistes parlent entre eux... Des villes complètes sont plongées dans le noir... Moi, je ne retiens qu'une seule chose : les écoles, toutes les écoles, seront fermées demain et peut-être après-demain !

Je fais semblant de rien. Je mange et je mange pour me réchauffer, mais il fait de plus en plus froid dans la maison. Grand-maman grelotte, le serin grelotte, et je grelotte moi aussi.

Grand-maman va chercher deux grosses couvertures. Une pour elle et une pour moi. Nous terminons le repas, emmitouflées de la tête aux pieds. Je réfléchis pendant de longues minutes. Je pense aux Inuits qui vivent toujours dans le froid. Je dis à grand-maman :

—Nous devrions construire un igloo dans la cour, et rester dedans comme les Inuits. Un igloo n'a

besoin que d'une toute petite chandelle pour se réchauffer.

Grand-maman ne répond rien. Alors je suggère :

—L'idéal, ce serait de construire un igloo, ici, dans la cuisine...

—Il n'y a qu'une solution, dit grand-maman : faire comme lorsque j'étais toute petite, à la campagne.

—Que faisiez-vous, à la campagne?

—Durant les grands froids, mon père empilait les couvertures et les douillettes sur son grand lit, et nous dormions ensemble, toute la famille.

—Tassés comme des sardines ?

—Oui, au chaud, comme des sardines...

Moi, je veux bien m'installer dans le lit, mais il est seulement six heures du soir. Soudain, je regarde le petit serin. On dirait qu'il a doublé de volume. Je ne le reconnais pas. Il est deux fois plus gros que d'habitude.

— Grand-maman, regardez votre serin, on dirait qu'il a trop mangé ! Il va éclater !

Grand-maman s'approche du serin. Elle l'examine de tous les côtés :

— ... Il ne va pas éclater, Noémie. Il gonfle son duvet pour se protéger du froid. Ça lui fait comme un manteau de fourrure... mais... si la température continue de baisser...

Grand-maman ne termine pas sa phrase. De grosses rides se creusent sur son front.

Elle sort son annuaire télépho-nique, compose des numéros et parle à plusieurs personnes qu'elle connaît. Elle répète toujours la même chose :

— Ah oui ? Vous aussi !

Tout le monde est en panne !
Ça va mal, ça va très mal ! S'il
continue à faire froid, le petit
serin peut mourir. Grand-maman
tourne en rond dans la cuisine.
Moi, j'ai de plus en plus froid. Je
commence à claquer des dents.
J'essaie de penser à des solutions
pour nous réchauffer :

—Clac, clac... Avec des seaux,
on devrait aller chercher de la
chaleur dans le désert du Sahara...
Clac, clac... Ou poser des fusées
après la Terre et la rapprocher du
Soleil... Clac, clac... On pourrait
creuser un trou jusqu'au centre de
la planète ; là, il paraît qu'il fait très
chaud !

Pour faire une blague, j'ajoute :

—On pourrait allumer une
chaufferette, clac, clac !

Et, en disant ça, il me vient
une idée de génie :

—Clac, clac... Il faut acheter des

chaufferettes de camping ! Clac, clac... des chaufferettes qui fonctionnent toutes seules, sans électricité.

Le visage de grand-maman s'illumine. Elle dit :

—Oui, c'est une bonne idée. Il y a un magasin de matériel de camping, pas très loin d'ici...

Puis elle regarde sa montre. Son visage s'assombrit :

—Il est trop tard, les magasins ferment à six heures... Nous irons demain matin.

▲ ▲ ▲

Il est sept heures. Pour ne pas geler, nous nous emmitouflons dans les couvertures comme dans l'ancien temps de grand-maman... Je lui demande de me raconter des anecdotes de sa jeunesse, mais ce soir, curieusement, elle ne raconte rien. Elle est très préoccupée. Son petit serin enfle à vue d'œil, et la grosse branche continue de frotter sur le bord du toit.

— Si ça continue, soupire grand-maman, la branche va rentrer par le plafond.

Pour lui changer les idées, je suggère de jouer à des jeux. La première de nous deux qui dit «oui» ou «non» perd la partie. Grand-maman n'est pas concentrée. Je gagne toujours... Je regarde ma montre qui s'illumine toute seule dans le noir. Il est huit heures.

Ensuite, nous jouons au jeu des devinettes... Il est neuf heures.

Nous passons au jeu du calcul mental... et la grosse branche continue de scier le bord du toit.

En additionnant des chiffres,

je glisse sur un huit glacé et je m'endors. Les draps deviennent froids. Tout le monde au grand complet se transforme en glaçons. Je glisse entre les draps et je me retrouve sur le balcon. Je glisse dans l'escalier puis sur le trottoir. Je glisse sur les fesses, sur le ventre et sur le dos. Je fais ainsi le tour des magasins, dont les planchers ressemblent à de vraies patinoires. J'achète des cuisinières à piles, des réfrigérateurs à piles, des grille-pain à piles, des téléviseurs à piles... Ensuite, toujours en glissant sur le dos, le ventre et les fesses, je fais le tour des magasins où on vend des piles. Je les achète toutes. Je reviens chez grand-maman en glissant. Je fais des fentes dans tous les murs de son appartement *. Je remplis les

* Voir *Noémie, Le Secret de Madame Lumbago*.

murs avec les piles... nous avons
une maison à piles...

-10-

Première journée froide

Je me réveille plusieurs fois dans la nuit noire. Je jette un coup d'œil en direction du cadran lumineux. Mais je ne vois rien. L'électricité n'est pas revenue... J'entends de curieux bruits dehors. On dirait que quelqu'un brise des branches...

Le matin, nous nous levons, enfilons nos habits d'hiver et déjeunons en écoutant les nouvelles, qui sont très, très, très bonnes : il y a des pannes dans plusieurs quartiers de la ville. Les écoles sont toutes, toutes, toutes fermées !

Ensuite, nous sortons de la maison pour aller au magasin de matériel de camping. Sur le balcon, nous n'en croyons pas nos yeux. Toute la ville s'est transformée en glace. Les arbres sont pleins de givre. La rue et les trottoirs sont couverts de branches tombées pendant la nuit.

—On ne peut pas sortir, dit grand-maman. C'est trop dangereux !

Moi, j'ai une idée :

—Attendez-moi sur le balcon. Je reviens tout de suite !

En vitesse, j'entre chez moi, j'ouvre la porte de ma garde-robe. Mirontine va bien, elle n'a pas encore accouché. Je ramasse mon casque protecteur pour le vélo. Ensuite, je cherche celui de mon père, mais je ne le trouve pas.

Je monte chez grand-maman avec mon casque sur la tête. Je lui dis :

—Il faudrait quelque chose pour vous protéger la tête, vous aussi. Je ne sais pas, moi... une casserole par exemple !

Grand-maman ouvre des yeux étonnés. Puis, elle réfléchit :

—Attends-moi une minute ! Je vais te faire une surprise, moi aussi !

Elle disparaît chez elle. Après quelques minutes, elle apparaît avec un casque de guerre sur la tête. Là, je n'en reviens pas. En rougissant, elle demande :

—Est-ce que j'ai l'air ridicule ?

—... Heu... Non... Vous êtes la plus jolie grand-maman du monde !

—C'est le casque de mon Émile. Je l'ai gardé en souvenir lorsqu'il est revenu de la guerre...

▲ ▲ ▲

Avec nos casques, nous descendons l'escalier. Les arbres craquent sous le poids du verglas. Crac ! Des branches cassent. Il faut marcher en plein milieu de la rue, là où c'est moins dangereux.

Six coins de rues plus loin, nous arrivons devant le magasin de matériel de camping. Eux aussi manquent d'électricité. Mais c'est chaud à l'intérieur parce qu'ils possèdent une génératrice qui fait du bruit et aussi de l'électricité.

En voyant nos casques, le vendeur nous regarde avec un grand sourire. Grand-maman, un peu gênée, dit :

—Heu, bonjour, nous venons pour...

Le vendeur ne lui laisse même pas le temps de terminer sa phrase. Il répond :

—Je suis vraiment désolé... J'ai vendu toutes mes chaufferettes de camping, tous mes réchauds, tous mes fanaux, toutes mes chandelles, tous mes «kits» de survie et tous mes sacs de couchage !

Grand-maman et moi restons estomaquées. La bouche grande ouverte, nous n'avons plus de mots. Ça, c'est rare !

—En plus, ajoute le vendeur, il n'y a plus aucune génératrice disponible. J'ai appelé partout. Vous savez, en attendant le retour de l'électricité, je couche ici avec toute ma famille. Si vous êtes vraiment désespérées...

—Merci quand même...

Grand-maman et moi, nous revenons à la maison en marchant

sur la rue commerciale. Mais nous prenons notre temps. Certains restaurants sont ouverts. Alors, comme dit grand-maman, nous profitons de la vie. Nous prenons une soupe dans un premier restaurant. Dans un autre, nous mangeons notre plat principal. Dans un troisième, nous prenons notre dessert. Dans un quatrième, grand-maman sirote son thé, et moi un lait au chocolat chaud. Nous prenons tellement notre temps que nous finissons notre dîner à l'heure où normalement on commence à souper.

Alors, nous recommençons le même manège pour le souper.

Lorsque la nuit arrive, nous revenons à la maison. Il n'y a presque personne sur les trottoirs. On se croirait en pleine guerre. Certains arbres sont tombés sur le trottoir. D'autres s'appuient sur la

corniche des maisons. Les lumières sont mortes. De temps en
temps, on devine la lueur d'une
chandelle qui passe derrière une
fenêtre. Il fait froid... Il fait froid...
Il fait froid... Je commence à avoir
mal aux os, moi aussi.

▲ ▲ ▲

Devant la maison, nous aper-
cevons monsieur Monette, un de
nos voisins, qui tente de déblayer
son auto figée dans la glace. Il
nous dit :

—Bonjour! Si vous voulez
vous réchauffer, mon automobile est toute chaude à
l'intérieur. Ne vous gênez pas !

Grand-maman dit :

—Heu... Non merci...

Moi, je dis :

—Oui ! Oui ! Merci, monsieur
Monette ! J'aimerais ça, faire un
tour d'auto immobile !

Nous nous retrouvons sur la banquette avant. Il fait chaud, très chaud. Le moteur tourne à toute vitesse, mais nous n'avançons pas d'un centimètre. Monsieur Monette se frotte les mains en répétant :

—Maudite panne... Maudite panne, si ça continue, je vais coucher dans mon automobile.

Il appuie sur la pédale de l'accélérateur. Le moteur vrombit. Après deux minutes, nous crevons de chaleur. Après cinq minutes, nous sommes tout en sueur, mais personne ne se plaint.

Moi, j'essaie de trouver un moyen pour faire entrer la chaleur des automobiles dans les maisons... J'imagine un système... avec des tuyaux de sécheuses, des tuyaux d'arrosage remplis d'air chaud. Mais il y a une solution encore plus simple. Je chuchote à grand-maman :

—Vous devriez acheter une automobile tellement grande que nous pourrions rester dedans...

▲ ▲ ▲

Une fois bien réchauffées, nous remercions monsieur Monette et nous retournons à la maison, qui est froide comme un vrai château de glace.

J'aide grand-maman à couvrir son lit avec toutes les couvertures que nous trouvons dans les garde-robes et les armoires. Nous y ajoutons même un sac de couchage. Le lit est trois fois plus épais que d'habitude. Nous fermons la porte de la chambre pour conserver notre chaleur. Nous mettons nos tuques, nous plaçons la cage du serin près du lit ainsi que la petite radio à piles, et nous nous emmitouflons sous les couvertures.

Il est vingt heures trente, et je suis couchée à côté de grand-maman. Je me colle contre elle. Lentement, très lentement, les draps se réchauffent.

—Est-ce que c'est comme lorsque vous étiez petite, grand-maman ?

—Presque pareil... sauf que nous ne sommes que deux...

—Il faudrait inviter tous les voisins à dormir ici...

Nous regardons la chandelle qui brille sur le bureau et nous ne disons plus rien. Je m'endors, emportée par un train de glace qui déraille et traverse le pôle Nord en zigzaguant parmi les banquises.

-11-

Deuxième
journée froide

Aujourd'hui, l'école est encore fermée. Il fait de plus en plus froid dans la maison. Le petit serin gonfle tellement ses plumes qu'il ressemble à une boule de duvet avec un petit bec en plein milieu. Nous vivons dans un véritable château de glace, et je m'ennuie de la chaleur et surtout de la télévision. Soudain, grand-maman fait le tour de l'appartement en courant et en criant :

—Mon Dieu Seigneur... Mon Dieu Seigneur...

—Qu'est-ce qu'il y a ? Qu'est-ce qu'il y a ?

Grand-maman est penchée sur une plante. Les feuilles sont molles comme de la guenille. La pauvre plante est en train de mourir de froid.

Grand-maman panique. Elle dit :

—Vite ! Vite ! Il faut faire quelque chose !

Nous transportons les plantes, une à une, dans la chambre de grand-maman parce que c'est la pièce la moins froide de la maison. Il y a même une plante qui s'appelle une « glace ». C'est incroyable, la glace est en train de geler... comme nous !

Je ne pensais pas qu'il y avait autant de plantes dans l'appartement. Nous les posons sur le bureau, sur la commode, sur le plancher, sur les tablettes et sur le rebord de la fenêtre. La chambre est pleine. Il y en a partout, sauf sur le lit.

Ensuite, nous les arrosons en faisant attention de ne pas renverser d'eau sur le plancher. Il y a déjà assez de glace dehors ! Grand-maman répète toujours :

—Mon Dieu Seigneur ! Mon Dieu Seigneur !

Elle est complètement découragée. Moi, je réfléchis... Pendant que grand-maman va et vient dans la maison, je prends des bas de laine et je fais des nids autour des petites plantes. Je couvre les grosses plantes avec des chandails et les énormes plantes avec des manteaux. Je pose même des tuques et des foulards sur elles.

Soudain, grand-maman arrive dans la chambre. En apercevant les plantes recouvertes de vêtements, elle s'écrie :

—Mon Dieu Seigneur !

Elle me prend dans ses bras

et, en tremblant, elle chuchote :

—Ma belle petite Noémie... Ma belle petite Noémie, je suis complètement dépassée par la situation.

Moi aussi, je suis complètement dépassée, mais je dis :

—Ne vous en faites pas, je suis là !

-12-

Encore et toujours

L'école est encore fermée ce matin. La vie se résume ainsi : nous gelons en déjeunant, nous gelons en écoutant la radio, nous gelons en allant aux toilettes, nous gelons en gelant. Mes vœux se sont réalisés : j'habite vraiment dans un château de glace, et ce n'est pas drôle du tout... Je le jure... plus jamais je ne dirai que je crève de chaleur en hiver.

Le petit serin ne chante plus. Il reste immobile dans un coin de sa cage et il penche la tête sur le côté. Nous lui avons aménagé un nid avec des bas de laine, mais il grelotte encore. Nous passons de longues minutes à souffler dessus pour qu'il se réchauffe. Mais nous ne pouvons pas faire ça longtemps. Nous devenons tout étourdies.

Alors grand-maman le laisse en liberté dans la maison, et il vient se percher sur nos têtes et surtout dans le collet de nos manteaux, parce que c'est l'endroit le plus chaud de la maison.

Moi, je descends régulièrement pour vérifier l'état de Mirontine. Elle se blottit sous les chandails de laine au fond de sa boîte. Elle n'a pas encore accouché. Elle tremble de plus en plus. Alors, je m'assois dans le fond de ma garde-robe et je cache Mirontine sous mon manteau. Je la colle tout contre moi. Nous passons de longues minutes, ensemble, à parler miaw-miaw.

▲ ▲ ▲

Pendant trois longues journées, grand-maman et moi, nous nous organisons le mieux possible pour résister au froid. Nous laissons couler l'eau du robinet pour l'empêcher de geler. La porte du réfrigérateur est ouverte en permanence pour que les aliments ne pourrissent pas. Nous nous enfermons dans la chambre de grand-maman, entourées de dizaines de chandelles et de plantes recouvertes de vêtements. Le petit serin passe toutes ses journées dans sa cage, caché sous les draps du lit. Nous jouons aux cartes et nous mangeons pour passer le temps : de la fondue chinoise, de la fondue au chocolat, de la fondue au fromage, de la fondue bourguignonne... Bientôt je vais faire une indigestion de fondue.

Lorsque nous n'en pouvons plus de geler et de manger toujours la même chose, nous nous coiffons de nos casques protecteurs et nous allons dans le quartier où il y a de l'électricité. Nous mangeons au restaurant, à la chaleur. Nous en profitons pour regarder les reportages. C'est incroyable! On voit des pylônes qui se sont écrasés comme des paquets de cure-dents. On voit des gens qui sont obligés de quitter leurs maisons parce qu'ils ont trop froid. On voit des militaires qui aident des sinistrés, on voit des milliers et des milliers d'arbres brisés par le verglas. Grand-maman répète toujours :

—Mon Dieu Seigneur, c'est incroyable... Mon Dieu Seigneur, je n'ai jamais vu une chose pareille de toute ma vie.

En attendant que l'électricité revienne, nous avons trouvé un autre truc pour passer du temps hors de la maison. Nous allons magasiner... mais nous n'emportons pas d'argent. Nous prenons le métro, lorsqu'il fonctionne, et nous allons marcher dans les grands magasins, où il fait tellement chaud qu'il faut presque se déshabiller au complet pour ne pas crever !

-13-

Les sinistrées

Ce matin, je l'avoue, je suis découragée. Je viens d'apprendre à la radio que je suis une sinistrée. Si la tendance se maintient, il nous faudra quitter la maison pour nous rendre dans mon école, qui est devenue un centre d'hébergement où ils fournissent la nourriture, l'électricité et la chaleur.

—Jamais de la vie ! dit grand-maman. Je reste ici, dans ma maison, avec mon chat, mon serin et ma Noémie !

▲ ▲ ▲

Grand-maman et moi, nous jouons aux cartes. C'est difficile de jouer aux cartes avec des mitaines. Soudain, BOUM ! BOUM ! BOUM ! Quelqu'un frappe à la porte. Quelqu'un essaie d'entrer dans la maison. Il y a des pompiers sur le balcon. Je vais ouvrir, suivie par grand-maman, qui s'écrie :

— Mon Dieu Seigneur !

Un pompier est grimpé dans l'arbre devant la maison. Avec une scie mécanique qui fait beaucoup de bruit, il scie la grosse branche en petits morceaux.

Le chef des pompiers est très gentil. Il s'excuse du retard. Il nous demande si tout va bien.

— Oui... oui..., répond grand-maman. Nous avons très chaud dans nos manteaux.

Le plus grand des pompiers fait le tour de l'appartement pour «une inspection générale». Il dit avec sa grosse voix de chef :

— On annonce un refroidissement pour cette nuit. Il serait plus prudent de vous rendre dans un centre d'hébergement.

— Il n'en est pas question, dit grand-maman. Nous nous débrouillons très bien. Nous allons manger au restaurant, nous allons au cinéma, nous nous réchauffons dans l'automobile du voisin et nous dormons sous dix douillettes.

— Il est extrêmement dangereux de se réchauffer dans les automobiles, ainsi qu'avec des poêles de camping... à cause des émanations de gaz, répond le chef des pompiers... Si l'électricité n'est pas revenue demain soir, vous devrez quitter les lieux !

—On verra ça demain soir, répond grand-maman, même pas gênée.

-14-

La nuit de fou

La nuit de son

Je me couche en rêvant aux pompiers qui coupent toutes les branches des arbres et qui arrosent les trottoirs. L'eau se transforme en glace. Je m'éveille, j'ai envie de faire pipi. Grand-maman est couchée près de moi. Les chandelles sont éteintes. Il fait noir, noir, noir. Je regarde ma montre. Il est deux heures du matin. Je replace la tuque sur ma tête. Je ne suis plus capable de dormir.

Je tourne d'un bord et de l'autre dans les draps. J'ai envie de faire pipi, c'est effrayant !

Mais je ne veux pas sortir du lit, il fait trop froid, je vais me geler les pieds, me transformer en glaçon sur le plancher de la salle de bain.

Grand-maman se réveille :

—Pourquoi gigotes-tu comme une anguille, Noémie ?

—J'ai envie de faire pipi !

—Qu'est-ce qui t'empêche d'y aller ?

—... Il... il fait trop froid dans la maison.

—... Franchement, Noémie...

—Lorsque vous étiez jeune, que faisiez-vous, la nuit, lorsque vous aviez envie ?

—Mon père laissait un pot de chambre près du poêle à bois... Je m'y rendais en courant et je me blottissais contre le poêle, qui restait chaud une partie de la nuit...

—Ah...

J'essaie de me rendormir. Je pense à la chaleur d'un poêle à bois, et, soudain, il me vient une idée, une idée que j'aurais dû avoir bien avant. Comment n'y ai-je pas pensé ?

—Grand-maman... Grand-maman...

—Quoi ?

—Je crois que nous ne sommes pas très intelligentes !

—... Quoi ?

—Je dis... que... je crois... que nous ne sommes pas très intelligentes...

—Pourquoi me dis-tu ça en pleine nuit, Noémie ?

—Parce que nous gelons dans la maison et que nous n'avons même pas pensé au foyer.

—Quel foyer ?

—Mais voyons, grand-maman ! Le foyer que mon père a fait poser en bas, dans le salon !

—Mon Dieu Seigneur, c'est bien trop vrai... Est-ce qu'il fonctionne ?

—... Je crois que oui... il l'a fait fonctionner une fois... cet été... après l'avoir fait installer... Nous devrions descendre tout de suite !

— Tu n'es pas sérieuse ?

— Mais oui, je suis sérieuse...

—Le foyer... c'est une bonne idée... mais il serait préférable d'attendre à demain matin... Maintenant, il fait chaud dans le lit...

—Nous devrions descendre tout de suite. Nous aurons plus chaud près du foyer !

—Mais nous allons geler en nous habillant, geler en descendant chez toi et geler en attendant que ça se réchauffe...

Moi je dis :

— Oui, oui, il faut descendre tout de suite !

—Et moi je dis, non, non, il faut rester ici !

—Bon, alors qui gagne ? Mon très beau « oui » tout chaud avec une belle grosse flamme rouge ou votre petit « non » tout froid, tout rabougri dans son coin...

Grand-maman ne répond pas. Elle fait sa tête dure... Finalement, je suggère :

—Jouons à pile ou face. C'est le hasard qui décidera.

Grand-maman marmonne quelque chose que je ne comprends pas. Clic, elle allume sa grosse lampe de poche, allonge le bras, ramasse une pièce de monnaie sur le bureau et la lance dans les airs en l'éclairant. La pièce monte jusqu'au plafond et retombe dans la main de grand-maman. Je dis :

—Pile !

Grand-maman ouvre la main. C'est face !

Elle me sourit et me donne un bisou sur le front. Puis, clic !, elle éteint la lampe de poche.

— Bonne nuit, Noémie d'amour...

Je déteste perdre... et je déteste geler !

-15-

Le départ

Le lendemain matin, grand-maman et moi, nous nous levons en vitesse. Il fait très froid dans la chambre. Chaque fois que nous respirons, un peu de buée sort de notre bouche.

Bon, allons-y, dit grand-maman. On ne peut plus rester ici, il fait trop froid et trop humide.

Elle enfile chandails sur chandails, puis elle se couvre de son manteau de fourrure en faux castor. On dirait un ours.

Nous entrons dans ma maison, qui est froide comme mille

châteaux de glace. Nous nous dirigeons toutes les deux vers le salon et nous nous précipitons sur le foyer. Moi, je fais des boules de papier. Grand-maman pose du petit bois par-dessus. Tout va bien. Dans quelques minutes, nous crèverons de chaleur comme dans le désert du Sahara. Grand-maman demande :

— Où sont les allumettes ?

— ... Je ... Heu... Je ne sais pas !

— Habituellement, on laisse les allumettes près du foyer! s'exclame grand-maman, encore emmitouflée dans son gros manteau de fourrure.

Nous cherchons partout, partout, partout, même sous les canapés. Il n'y a aucune allumette.

— Je veux bien croire que tes parents ne fument pas... mais ça ne se peut pas une maison sans allumettes, dit grand-maman en se dirigeant vers la cuisine.

Ensemble, nous fouillons dans toutes les armoires de la cuisine. Soudain, je vois un briquet au fond d'un tiroir. Je le donne à grand-maman. Elle essaie de l'allumer. Il ne fonctionne pas. Moi, je gèle. On dirait que mes os vont craquer, que tout mon squelette va fendre ! Je dis, en claquant des dents :

—On pourrait... clac, clac, faire... clac, clac, comme les hommes des cavernes... clac, clac, clac, et frapper deux roches ensemble, clac, clac, ou frotter deux bouts de bois ensemble, clac, clac, ou...

Grand-maman ne répond pas. Elle cherche, elle cherche, mais ce n'est pas facile de fouiller dans les tiroirs avec de grosses mitaines de laine. Je lui demande :

—En haut, chez vous ? Il n'y a pas d'allumettes ?

—Oui... sur le bureau près du chandelier.

—J'y vais. Ne sortez pas, vous pourriez glisser et vous briser quelque chose... des os, par exemple !

Juste à ce moment, nous entendons un petit miaw, miaw. Grand-maman ouvre de grands yeux pleins de points d'interrogation. Elle s'approche de la porte de ma chambre... miaw, miaw. Moi, je voudrais disparaître au pôle Sud... ou au pôle Nord... ou n'importe où... miaw, miaw... Elle ouvre ma porte de chambre, miaw, miaw, et se dirige, miaw, miaw, vers ma garde-robe. Je voudrais devenir un bloc de glace. Elle ouvre la porte de la garde-robe et s'écrie :

—Oh ! Mon Dieu Seigneur !! Noémie, viens voir !!!

-16-

Le foyer

Dans le fond de ma garde-robe, j'aperçois ma chatte Mirontine avec un... deux... trois... quatre... cinq... six chatons. Je deviens toute chaude. Je ne sais plus quoi dire.

— Bon... grand-maman, comme je ne suis pas une menteuse, je vais vous dire la vérité... Je... j'ai fait entrer ma chatte dans la maison parce que, dehors, il faisait très froid et qu'elle allait accoucher... Et, en plus, ma mère n'est pas ici pour devenir allergique...

— Mon Dieu Seigneur, répond grand-maman en regardant le plafond.

— Êtes-vous fâchée ?

— Oui... Non... Je ne sais plus...
J'ai trop froid pour être fâchée.

Je lui saute au cou et je l'embrasse. Le plus rapidement
possible, je monte chez elle,
ramasse le paquet d'allumettes et
redescends.

▲ ▲ ▲

Grand-maman est accroupie
devant le foyer. Elle a posé
plusieurs grosses bûches par-
dessus le bois d'allumage.

Elle fait craquer une allumette
et la place sous le paquet
de journaux. Après quelques
secondes, tout le papier s'embrase
en faisant une grande lumière
jaune. Puis, le bois d'allumage
s'enflamme à son tour, mais
quelque chose ne fonctionne pas.
La fumée ne monte pas dans la

cheminée ! Elle envahit le salon !
En trois secondes, toute la pièce
est remplie de fumée. Grand-
maman s'écrie :

— La clé ! Vite ! Où est placée
la clé ?

— Quelle clé ? Voyons, grand-
maman! Un foyer, ça n'a pas de
moteur !

— La clé pour ouvrir la trappe
de la cheminée !

— Je ne sais pas! Il n'y a même
pas de serrure !

Grand-maman pose un mou-
choir sur sa bouche. Elle s'avance
vers le foyer et disparaît dans
l'épaisse fumée. Je ne la vois
presque plus. J'entends du métal
qui grince. Grand-maman crie :

— Ça y est ! J'ai ouvert la
trappe !

Elle réapparaît en marchant à
quatre pattes et en toussant. Elle
n'a pas le temps de dire un mot.

Nous nous figeons sur place. Le son strident du détecteur de fumée résonne dans toute la maison.

—Vite, Noémie ! Il faut faire entrer de l'air frais !

En vitesse, nous ouvrons les portes et les fenêtres. La sirène crie à tue-tête. Il est impossible de rester dans la maison. Nous nous sauvons sur le trottoir, mais, à peine arrivées près de l'escalier, nous entendons la porte de la voisine qui s'ouvre. Louise Cormier sort de chez elle en courant et en emportant une boîte de céréales, une cage avec un hamster et un sac à moitié ouvert qui laisse échapper quelques tranches de pain brun.

En serrant la main de grand-maman, je regarde la voisine courir sur la glace. Elle tente de freiner, grimace en perdant

l'équilibre, tente de s'agripper au vide et... tombe sur le dos. BANG !

À petits pas, grand-maman et moi glissons vers la voisine, qui se relève lentement. Elle se tourne vers nous et demande :

— Le feu ? Est-ce qu'il y a le feu chez vous ?

— Non ! Tout va bien, répond grand-maman. Ne vous inquiétez pas ! J'avais oublié d'ouvrir la trappe du foyer ! Le détecteur de fumée devrait s'arrêter d'ici quelques minutes.

L'autre voisin, monsieur Monette, sort de chez lui en criant :

— Il me semble que ça sent le feu, ici !

-17-

La douce chaleur

Nous grelottons sur le trottoir. Grand-maman dit :

— Venez vous réchauffer près du foyer !

Madame Cormier devient toute rouge :

—Heu, je ne voudrais pas vous déranger !

Monsieur Monette, tout gêné, marmonne :

—Heu... bien... c'est... que...

Finalement, les deux voisins acceptent l'invitation. Nous entrons dans la maison. Il n'y a presque plus de fumée, mais ça sent le feu, c'est effrayant.

Nous fermons les portes et les fenêtres, et nous nous installons par terre près du foyer. Les bûches crépitent. Une douce chaleur envahit lentement le salon. Nous regardons les flammes sans dire un mot.

Lentement, grand-maman, monsieur Monette et madame Cormier enlèvent leurs gros manteaux, couche par couche. Moi, j'attends que la température se réchauffe, puis je monte chez grand-maman, pose une couverture sur la cage, redescends en vitesse et installe le serin sur la tablette au-dessus du foyer.

Ensuite, je regarde grand-maman dans les yeux. Elle me fixe, mais elle ne répond pas à la question que je lui pose en silence. Alors ça veut dire oui, vas-y !

À la course, je vais chercher Mirontine et ses petits chatons. J'installe sa boîte près du foyer. Mirontine s'étire de tout son long en ronronnant. Ses petits chatons s'approchent pour téter.

Pendant plus de deux heures, nous ne disons presque rien. Moi, j'ai faim. Je pige dans la boîte de céréales et je mange des petits flocons d'avoine. Monsieur Monette et madame Cormier sont un peu gênés. C'est la première fois qu'ils viennent à la maison. Ils passent leur temps à répéter :

—Ah... que ça fait du bien, la chaleur ! Ah... que ça fait du bien, la chaleur...

▲ ▲ ▲

À l'heure du dîner, madame Cormier disparaît chez elle. Elle revient avec des sandwichs. Elle est toute maquillée et elle sent le parfum. Grand-maman fait chauffer une théière directement sur le feu.

Puis, on dirait que la vie s'organise toute seule. Monsieur Monette fend du bois de chauffage. Grand-maman et madame Cormier vont faire des emplettes. Moi, je garde les animaux et j'alimente le feu. Je regarde souvent dans la cour. Je ne veux plus rien savoir de mon château de glace.

▲ ▲ ▲

Juste avant l'heure du souper, monsieur Monette disparaît chez lui. Il revient tout bien habillé, une bouteille de vin dans les mains. Madame Cormier disparaît chez elle et revient toute pomponnée, avec une tarte aux pommes.

Nous installons la table de

cuisine dans le salon. À la lueur des chandelles, nous mangeons du steak cuit sur la braise du foyer. Miam, miam, miam !

Tout va bien, grand-maman fait jouer de la musique de violon sur la radio à piles. Le bois pétille et craque dans le foyer. La chatte ronronne de plaisir, ses petits chatons tètent en faisant gloup, gloup. Le serin chante dans sa cage. Le hamster court dans sa roue comme un vrai champion. Grand-maman papote avec les voisins, qui rougissent à vue d'œil.

Soudain, le téléphone fait un drôle de bruit. La lumière de la cuisinière s'allume. Le moteur du réfrigérateur ronronne. Dans le salon, tout le monde se regarde. Je crie :

—L'électricité est revenue ! L'électricité est revenue !

Je me lève en vitesse et allume les lumières du salon.

Grand-maman me regarde avec de grands yeux. Elle me fait un clin d'œil complice, se lève et va éteindre toutes les lumières, même celle de la cuisinière.

— ... Mais, voyons, grand-maman...

Je ne comprends plus rien. Grand-maman se rassoit en silence, me fait un autre clin d'œil, puis elle regarde subtilement les voisins.

Oups... j'ai compris... Nous continuons à manger à la lueur des chandelles parce que monsieur Monette et madame Cormier sont en train de... tomber amoureux !

FIN